청어詩人選 160

# 곡선에 물들다

김부조 詩選集

도서출판 청어

# 곡선에 물들다

김부조 詩選集

발 행 처 · 도서출판 청어
발 행 인 · 이영철
영 업 · 이동호
홍 보 · 이용희
기 획 · 천성래
편 집 · 방세화
디 자 인 · 이해니 | 이수빈
제작부장 · 공병한
인 쇄 · 두리터

등 록 · 1999년 5월 3일
(제321-3210000251001999000063호)

1판 1쇄 인쇄 · 2019년 3월 1일
1판 1쇄 발행 · 2019년 3월 7일

주소 · 서울특별시 서초구 효령로55길 45-8
대표전화 · 02-586-0477
팩시밀리 · 02-586-0478

홈페이지 · www.chungeobook.com
E-mail · ppi20@hanmail.net
ISBN · 979-11-5860-631-2(03810)



이 도서의 국립중앙도서관 출판시도서목록(CIP)은 서지정보유통지원시스템 홈페이지(http://seoji.nl.go.kr)와 국가자료공동목록시스템(http://www.nl.go.kr/kolisnet)에서 이용하실 수 있습니다.(CIP제어번호: CIP2019006991)

# 곡선에 물들다

## 시인의 말

10년.
침묵하던 산들이
천천히 자리바꿈을 하고 있다는
낭보가 불쑥 날아들었다.
이제 기꺼이,
'자유'를 초대할 것이다.

2019년 초봄
김부조

## 차례



### 제1부



### 제2부

## 제3부



## 제4부



## 수상작 모음

# 1부

# 곡선에 물들다

강물이 때때로
마을을 휘돌아 흐르는 것은
결코 휘어짐이 아니다

강물은 풍문으로 떠도는
그 강 끝의 비밀을 가리기 위해
곡선의 묘미를 넌지시
곁눈질할 따름이다

강물이 때때로
굽이진 노래를 부르는 것은
결코 무너짐이 아니다

강물은 비켜설 수 없는
올곧음과의 상생을 위해
곡선의 멋을 슬며시
흉내 낼 따름이다

인생의 길은
그 끝이 가려진 곡선

내가 기꺼이
둘러서 가는 것은
그 곡선에 물들기 위함이다

## 조용한 질서

신선한 아침 우유가
조간신문을 앞지르지 않는 일

길 떠난 철새들이 서둘러
환절기와 멀어져 가는 일

줄어든 정오의 그림자가
구겨진 곳에서부터 다시
부풀어 오르는 일

그리고, 이별의 상처가
또 다른 만남으로 한 뼘씩
아물어 가는 일

# 관조觀照

산란散亂에 물든 세상이
숨겨진 질서였음을

뜨거웠던 너와의 불화가
넘치는 사랑이었음을

아물지 않는 나의 상처가
삶의 선물이었음을

# 달관에 관하여

기쁨을 쉽사리
기쁨이라 하지 않는 것

슬픔을 쉽사리
슬픔이라 하지 않는 것

마음으로만 두 눈을 부릅뜬 채
때로는 세상을,
가장 낮은 곳에서부터
짙게 헤아리며
무거운 침묵의 숲을 찾아
기꺼이 길 떠나는 것

직선만이 선이라는,
올곧은 나무의 곁을
귀먹은 척 서둘러 스치며

곡선도 선이라는,
굽은 나무의 속울음에
잠시라도 귀를 빌려주는 것

그것,
소리 없이 다가와
보이지 않게 머무는
그것

# 파문波紋

고요한 호수 위로
작은 돌멩이 하나 던져 본다

알았다는 듯,
화답으로 번지는 파문

그러나 나는
너무 오래,
작은 두드림에도
답하지 않으며 살아왔다

# 어떤 안부

세상과 삐걱이다
끝내 낙향한 친구가
감자 한 자루를 보내왔다

꼭꼭 동여맨 매듭을
화해하듯 풀어내자
크고 작은 감자들이
다투듯 쏟아져 나왔다

저마다의 굵기처럼
고르지 못했을 귀농의 나날,
자잘한 멍 자국이 선명하다

친구가 보내 온
감자 한 자루를 풀어내며
불화에 대해 생각했다

내가 이 세상과 누려 온,
낯 뜨거운 타협도 생각했다

# 보호자

때아닌 여름감기로
너무 여러 날 힘들었다 싶어
핑계 삼아 큰 병원으로 가려는데
기다렸다는 듯 아내가 따라나선다

보호자,

운명처럼 내가
기꺼이 누려 왔던 그 자리를
가차 없이 밀어내기라도 하듯
오늘은 아내가
불쑥 따라나선다

카멜레온처럼
때로는 가랑잎나비처럼
나는 너무 오래
변색의 달인,
그 자부심 하나로 살아왔는데

이제는 너무
빛바랜 기교 때문에
아무에게나 들켜버리곤 하는 내가
스스로를 지켜 낼 수도 없어

큰 병원,
가정의학과로 가는 그 낯선 길에서

나의 어깨가 자꾸만 아내 쪽으로
기울어 가는 것은

나의 몸이 자꾸만 아내의 등 뒤로
숨으려 하는 것은

# 부재

창동역 1번 출구,
과일 노점이 심상치 않습니다
성주 꿀참외를,
주인아주머니가 만 원에 열 개라 하니까
참외를 만지작거리던 할아버지가
마치 나무라기라도 하듯
전에는 열두 개였다고 우겨 댑니다
주인아주머니가 금세 낯빛이 하얘지며
그런 적 없다고 손사래 치자 두어 번
마른 헛기침 끝에 할아버지,
아저씨는 그렇게 팔았다며
제대로 나무랍니다

아저씨는 그렇게 팔았다니

아저씨의 막막한 부재 속에
황당한 시간은 뜨겁게 흐르고

성주 꿀참외,
달콤한 향기 속으로
숫자의 진실은 눈 녹듯 사라지고

할아버지는 연신
향기 없는 아저씨를 팔아 대고

# 간격

서로를 읽었으나
침묵의 그것으로 화답하는
숲 속 나무들의 오랜 질서

까닭 없이 서먹하여도
좁히지 않아야 할
너와 나 사이의,
그것

한 사람이 떠나간 뒤
또 다른 인기척까지의,
뜨거운 그것

간격,
더불어 살아야 할
그것

# 문장 부호에 대하여

낯선 물음표를
친구처럼 맞이하라

따스한 느낌표에
감사의 눈길을 보내라

차가운 마침표와는
자주, 거리를 두라

가끔은, 외로운 쉼표와
함께 쉬어 가라

# 실종

소중한 한 끼를 걸러도
정직한 두 끼의 배부름으로
침묵하던 사람

빗장을 풀지 않는 세상 앞에서
환대에 지친 척
화답하던 사람

쉽게 깨닫던 나날보다
끝내 깨닫지 못한 하루에
스스로 갇히던 그 사람

소리 없이 머물다
까닭 없이 사라진

# 인연

불가에서는 겁劫을,
백 년에 한 번씩 내려오는 선녀의 옷자락이
사방 사십 리의 바위를 닳아 없애거나,
천 년에 한 방울씩 떨어지는 낙숫물이
집채만 한 바위를 뚫거나,
사방 사십 리의 철성鐵城에
겨자씨를 가득 채우고
백 년에 한 알씩 꺼내
다 비워 질 때까지의 시간으로 본다는데,

오후 내내
연못을 어지럽히던 고추잠자리
겁을 다 헤아렸다는 듯,
팔을 베개 삼은 나의 머리 위로
지친 척 내려앉는다

아, 이것은 또
몇 겁의
거부할 수 없는 인연인가

# 경배敬拜

개화의 비밀을 깨뜨리지 않는
꽃들에게

서로의 그늘을 탐하지 않는
나무들에게

여린 가지를 비켜 앉는
새들에게

그리고,
곡선의 흐름에 물들지 않으려는
강물에게

# 움켜쥔다는 것

밀림 속 원숭이들은
입이 좁고 묵직한 항아리 속의,
원주민이 넣어 둔 바나나를
덥석 움켜쥔 다음
도무지 빠지지 않는 그 팔에
버거운 항아리를 매단 채 발버둥 치다
그만 산 채로 잡히고 만다는데

움켜쥔다는 것

맑은 빈손 앞에
한없이 부끄러운

맑은 가난 앞에
한없이 부끄러운

# 눈물

고비사막 쌍봉낙타,
난산의 고통을 잊지 못해
새끼에게 곁을 주지 않는 어미에게
유목민들,
마두금馬頭琴 애절한 선율로
어미에게 심금을 울려주면
비로소 새끼에게 젖을 물리며
눈물을 뚝뚝 흘린다는데

어머니, 그 시절
마두금의 애절한 선율도 없이
온몸으로 흘렸던
그 가려진 눈물

눈물은, 뜨거운 사랑의
다른 말이었음을

# 염원

해빙기의 강물이
침잠하는 너를 위해
낮게 흐를 수 있기를

희망의 나무들이
줄어드는 너를 위해
이웃할 수 있기를

평화의 마을이
길 잃은 너를 위해
불 밝힐 수 있기를

그리고,
세상과 화해한 내가
돌아선 너를 위해
기도할 수 있기를

# 어떤 해빙

세상과의 불화로 서둘러
길 떠났던 자들이
마음의 빗장을 하나씩 풀고
화해의 마을을 수소문하는 일

나목의 서러움을
홀로서기로 삼키던 나무들이
봄눈을 벗 삼아 한 뼘씩
양지쪽으로 다가서는 일

막연한 부재不在를 견디지 못해
환절換節을 거부하던 내가
철새들의 인사에 화답하며
봄날을 조금씩 헤아려 보는 일

# 관행

마른 헛기침을 연신 해대며
우수리를 뗀 채
외상값을 갚는 일

손가락이 부러진 사람을 위해
자서전을 써 주지 않는
늙은 대필가

뺄쭘한 후관後官의 나날을
염치없는 우대로 마감해 주는
전관예우

잦은 거실 방뇨를 호통치자
14년산 애완견
백내장의 눈을 부릅뜬 채
되레 일갈한다

관행 아니더냐고

# 그 강가에서

그 강가에 앉아 물끄러미
강물을 바라보고 있으면
내가 오래 전
그 강물에게 던졌던
어리석은 물음의
답들이 하나씩
물 위로 떠오른다

서둘러 살아 내려 했던 그때의 삶과
함부로 가늠하려 했던
나의 운명까지 버무린 채
많은 물음들은 거침없이 강물로
녹아들고만 있었을 뿐,

오늘처럼 그 강물이 나에게
말문을 터주고 기꺼이
물음표를 되돌려 주기까지에는
몇 개의 산들이 천천히
자리바꿈을 하고
많은 나무들이 고요의 숲을

조용히 떠나간
아주 오랜 시간이 흐른 뒤였다

# 극極

함께 있어도
이미 떠나보낸 사람

함께 있어도
떠날까 늘
마음속에 그려 두는 사람

# 2부

# 왼손에 관하여

오른손의 움직임을
왼손은 모른 척한다

올바름은 부러워
모른 척하고
바르지 못함은 배울까
모른 척한다

왼손은 자주
심심해 보인다
그러나 왼손은 게으르지 않다

때로는 멍들 만큼
오른손 바닥에 부딪혀
삶의 기쁨을 읽어 나간다

어느 날은 오른손을 기꺼이 불러
기도祈禱를 이루는 왼손,
가끔은 왼손도 내밀어
뜨거운 악수를 나누자

# 환승역에서

떠나온 곳은 서로
묻지 않는다

버리고 온 계단은
헤아리지 않는다

그리고
몇 개의 계단을
더 버린다

환승의 답을
버림이라 쓴다

# 두레상을 깨우다

어머니 생신날 아침,
오랜 잠에 빠진
두레상을 깨웠다

삶의 모서리에 묻은
자잘한 멍 자국을 지우듯
어머니는 연신
두레상을 훔쳐 내셨다

각진 식탁에 숨어 있던
네모난 마음들이
그 두레상 위로 둥글게 펼쳐졌다

둥글었으므로 멍이 사라진
그 상 앞에서
모나지 않게 살자고
어깨를 겹쳐 가며
둥글게 살아가자고

아버지가 그리운
어머니 생신날 아침,
깊은 잠에 빠진 두레상을
나는 흔들어 깨워야만 했다

# 뒷모습을 엿보다

너는 너무 오래 나의
외로운 이웃으로 살고 있다
지척에 있으면서도
서로 만날 수 없는
그리운 이웃으로 살고 있다

누구도 너의 이름 석 자
오래 기억하지 않아도
너는 언제나 한 줄의 말없음표로
너와 나를 대신하고

가끔은 네가 그리워 뒤돌아보면
너는 나에게,
살아온 날들을 헤아려보라고
지나온 길들을 되돌아보라고

너는 너무 오래 나의
지울 수 없는 이웃으로 살아가고 있다

## 권유勸諭

삶의 쓸쓸한 모서리에서
잠시 외롭더라도 다시
너의 길을 떠나라

저울질 할 수 없는 너의 선택이
잠시 기울더라도
머뭇거리지 말고 다시
너의 길을 떠나라

때로는 지나 온 길
지울 수 없어 함은
네 삶과의 타협이
무르익지 않았음을

삶의 멍든 모서리에서
잠시 아프더라도
더 아팠던 날들에 감사하며
눈물 없이 다시
너의 길을 떠나라

# 옥수동 성당에서

윤마리아의 혼삿날
옥수동 성당,
스며든 봄빛을 신비로 빚어내는
스테인드글라스 그 가까이에
천주교 신자는 아니었지만
엄숙을 가장한 내가
고즈넉이 앉아 있을 때
환청처럼 떠돌던 세 번 기도의 의미

한 번 기도의 의미와
두 번 기도의 의미를
곱씹지 않으며 살아 온 내가
성당 계단을 헤아리며 내려올 때
분분히 날리던 봄눈이 나에게 물었다
너는 몇 번 기도의 의미로
살아왔느냐고

천주교 신자는 아니었지만
엄숙의 가면을 벗지 않으려는 나를
더욱 어지럽히던 그 환청,

부산하게 날리던 눈발이 나에게
다시 물었다
너는 몇 번 기도의 의미로
살아가겠느냐고

# 아날로그를 위하여

오늘 하루쯤은
신문이 없었으면 한다
오늘 하루쯤은
텔레비전을 끄려 한다

먼동이 틀 무렵 새벽 강가로 나가
갓 깨어난 강물에 머리를 감고
밤새 달려온 풋풋한 바람에
낮은 자세로 안겨
새들이 다투어 전하는 여명의 비결을
귀담아 들어보려 한다
오늘 하루쯤은
휴대전화의 전원도 일찌감치 끄고
인터넷 접속도
오늘 하루쯤은 걸렀으면 한다
소리와 문자의 소통이 아닌
마음에서 빚어낸
침묵의 언어와 심상心象을 곱게 날려
따분한 텔레파시의 존재 논란에
미루었던 마침표를 찍고자 한다

오늘 하루쯤은 심심한 생수가 무색할
구수한 보리차를 팔팔 끓이고
습관성 커피를 잠재울
그윽한 녹차 향을 잔뜩 우려내려 한다

잃어버린 향기의 아련한 기억이
낯익은 춤사위로 고개를 들면
향내 나는 연필을 정갈하게 깎아
빛바랜 편지지라도 좋으니
소식 뜸한 고향 친구에게
황토 빛 안부를 꼼꼼히 물으려 한다

오늘 하루쯤은 느지막이 집을 나서
무릎이 아려 올 때까지
버려진 흙길을 터벅터벅 걷다가
뜨거운 노을에 몸을 흠뻑 달구며
느긋하게 돌아오려 한다

해가 뉘엿뉘엿 떨어질 무렵이면
창백한 형광램프와 타협한

그윽한 촛불을 밝히려 한다

그리고 오늘 하루쯤은 물으려 한다
나는 날마다 무엇을 잊으며
또 무엇을 잃어 가는지를

# 가슴으로 듣다

꽃망울 터지는 소리를
가슴으로 듣던 날 그것이
개화의 아픔임을 알았다

봄눈 날리는 소리를
가슴으로 듣던 날 그것이
산란散亂에 물든 탄식임을 알았다

꽃잎 떨어지는 소리를
가슴으로 듣던 날 그것이
서러운 낙화의 속울음임을 알았다

봄눈 사라지는 소리를
가슴으로 듣던 날 그것이
부재不在를 막지 못한 한탄임을 알았다

소리 없는 소리를
가슴으로 듣던 날 그것이
나를 일깨우는 일침一鍼임음을 알았다

# 단념

인연이 필연을 앞서지 못할 때
우연도 인연을 앞설 수 없음을
서둘러 인정해 주어야 한다

이별이
만남의 그림자를 비켜가려 할 때
아파도 눈감아 주어야 한다

서글퍼 고인 석별의 눈물은
마를 수 없어
깊고 짧게 울어 주어야 한다

초록을 단념한 숲이
아름다운 단풍을 이룬다

# 예외에 관하여

화해 쪽으로 나 있는
세상의 모든 창들이
들뜬 목소리로만
열리는 것은 아니다

염치에 어긋난 직선이 연신
곡선을 탐한다 하여도
모든 강물이
휘도는 것은 아니다

오른손잡이의 변방이
왼손이라 하여도
왼손잡이의 오른손이 반드시
비주류로 살아가는 것은 아니다

예외도
삶이다

# 그 숲 속에서

굽은 나무는 곧게 뻗은 나무의
올곧음을 닮으려 하고
곧게 뻗은 나무는 굽은 나무의
모나지 않음을 닮으려 한다

그러나 그 두 가지를 모두
갖지 못한 나는 그 숲 속에서
허리를 슬며시 굽혀
굽은 나무가 되어 보기도 하고
두 팔을 위로 힘껏 뻗어
곧게 뻗은 나무가 되어 보기도 하지만
그들이 가진 올곧음과
모나지 않음은 담을 수 없어

어스름 저녁,
나는 그 숲 속을 돌아 나오며
깨닫지 못한 나무는 이미
숲을 떠나갔음을
홀로 서지 못하는 나무는
숲에서 자랄 수 없음을

## 그날,
## 그 숲 속에서

## 관계

자전거의
내려간 오른쪽 페달은
왼쪽 페달로
올려주어야 한다

아득한 왼쪽으로부터
나타나지 않는 마을버스,
그 정류장의 따분함은
시선의 오른쪽으로 달래야 한다

오른쪽 무릎을 앓아 온 어머니,
줄어든 어깨가 차츰
왼쪽으로 기울고 있다

오른쪽과 왼쪽,
타협으로 물들고 있다

# 이제 그만 집으로 가자

이제 날도 저무는데
번지 없는 허공을 돌아나오다
막다른 궤적에서 무너지는 새들아
이제 그만 집으로 가자

바람 잘 날 없는 숲 속에서
상생을 위한 뿌리를 내리다
목마른 침묵으로 시드는 나무들아
너희들도 이제 그만 집으로 가자

각본 없는 하루를 따라나서
차가운 세상에 시린 등만 내주다
서둘러 속울음을 배워버린,
너도 이제 그만 집으로 가자

날도 저무는데
우리 모두 집으로 가자
따뜻한 집으로 돌아가자

# 그날을 위해서라고

길을 걸어 갈 때면 언제나
바람이 나에게 물었다
너는 어떤 날을 위해 그렇게
시린 발로 걷고 있느냐고

강가에 홀로 앉아
강물을 바라보고 있으면 언제나
강물이 나에게 물었다
너는 어떤 날을 위해 그렇게
역류를 꿈꾸고 있느냐고

어둠이 스며드는 숲 속을
무겁게 돌아나올 때면 언제나
새들이 나에게 물었다
너는 어떤 날을 위해 그렇게
침묵의 기도로만 살고 있느냐고

참아 낸 내가
바람과 강물에게 말했다
그날을 위해서라고

기도에 지친 내가
새들에게 말했다
그날을 위해서라고

# 어머니의 가방

그날,
낡은 무릎을 달래 가며 어머니가
노인정을 다녀오셨다
연한 갈색 지팡이와 이웃한
작은 꽃무늬 가방 속에
고단한 생각들을 잘게 접어 넣은 채
가벼운 얼굴로 다녀오셨다

자잘한 삶의 숙제를 꼼꼼히 풀어 가듯
읽고 또 읽어
마침내 신문지가 된 신문과
날마다 어머니가 편들어 우쭐해진
아들의 시집 몇 권,
그리고 이제는
날짜마저 희미해진 일기장,
그 인연들과의
버릴 수 없는 무게가
그날도 가방 속에서 연신
어머니를 담금질하고 있었다

그러나 무거운 얼굴의 나는
어머니의 그 가방에 낯뜨거울 만큼
너무 오래
텅 빈 가방으로만 떠돌고 있어

그날,
어머니가
가벼운 얼굴로 다녀오시던 그날,
무거운 얼굴을 버리지 못한 나는
그 가방 앞에서 서둘러
종아리를 걷어야만 했다

# 어느 날 나는

어느 날 나는
보이지 않는 바람이고 싶다
뜨거운 투명을 앓고 난 뒤
보이지 않는 소리마저 닮아버린,
그러한 바람이고 싶다

어느 날 나는
심각한 부재不在이고 싶다
녹슨 시곗바늘과의 타협에 물들어
시간이 멈춘 고요의 숲으로 사라진,
그러한 부재이고 싶다

어느 날 나는
무거운 행방불명이고 싶다
소리 없는 삶을
하루도 살아 내지 못한 채 울먹이며
침묵을 사랑하기 위해 숨어버린,
그러한  행방불명이고 싶다

어느 날은,
그러한 투명이 그립다

어느 날은,
그러한 내가 그립다

# 꽃길에서

볕이 좋은 날,
휠체어를 밀며
어머니와 꽃길을 걸었다

줄어든 어머니의 뒷모습을
가슴으로 껴안고
아무도 가지 않은
꿈길을 걸었다

해질 무렵,
꽃향기에 흠뻑 취한 어머니에게
내가 낮게 말했다

나도
어머니의 꽃이 되고 싶다고

잠시 멈춘 나를
돌아보는 어머니와
눈이 마주쳤다

어머니가 힘주어
나의 손을 꼭 잡았다

볕이 좋은 날,
휠체어를 밀며
어머니와 꽃길을 걸었다

나는 어머니의
꽃이 되었다

# 그리움도 사랑이다

환절換節의 끝,

나목裸木은,
허공을 열고 사라진
새들의 뒷모습을 그리워한다

새들은,
버림의 방식 앞에서 울어대던
숲을 그리워한다

만남은 언제나
이별의 예감으로 주어지고
사랑은
이별의 그림자를 비켜가려 한다

환절의 끝,

사라진 만남을 그리워하는
나목과 새들,
그리움의 자유에 지쳐가고 있다

# 그리움도
# 사랑이다

# 어머니의 뒷모습

어머니의 뒷모습을 나는
본 적이 없다
어머니의 뒷모습은
치열한 삶 속에
은닉되어 있었기 때문이다

어머니의 뒷모습을 나는
보려 한 적이 없다
어머니 뒷모습은
고단한 삶의
일기장이었기 때문이다

치열했던 삶도
고단했던 삶도
두터운 위장막이 걷히고
어머니는 숨죽이며
줄어든 뒷모습을 준비하고 있다

어머니의 뒷모습을 나는
인정할 수 없다

억울한 뒷모습은
빛바랜 세월의 몫이기 때문이다

# 상처

우리 모두
상처 하나씩 숨기며 산다
물음도 아픔이 되는
그런 상처 하나씩 숨기며 산다

우리 모두
상처 하나씩 달래며 산다
아파도 울지 못하는
그런 상처 하나씩 달래며 산다

우리 모두
상처 하나씩 사랑하며 산다
지우면 다시 피어나는
그런 상처 하나씩 사랑하며 산다

묻지 않으며 산다

답하지 않으며 산다

# 3부

# 자책自責

아비로 불리는 것이
고마울 때가 있다

아비로 살아간다는 것이
부끄러울 때가 있다

도무지
이승에서 감당할 수 없는
불투명한 빚을 안고
나는 그저
벌거숭이로 왔다는
알량한 이유 하나 만으로
도도하게 흘러가고 있었다

백 여덟 개의 아픔을 추스르며
치열하게 살다간 아버지를
철부지의 눈빛으로 배웅하고
염치없이 돌아서던 날,
위선에 길들여진 나를
그래도 아비라 믿어 주는

맑은 나의 분신分身들이
눈을 마주쳐 주고 있어

과연 내가 어디쯤에서
아버지의 거룩한 그림자와
겹쳐질 수 있고
과연 내가 어디쯤에서
가려진 나를
용서받을 수 있을지

아비로 불리는 것이
눈물겨울 때가 있다

아비로 살아간다는 것이
부끄러울 때가 있다

# 창문은 조금 열어 두는 게 좋겠다

가끔은
귀를 닫으려 하지만,
창문은 조금
열어 두는 게 좋겠다

그 틈으로,
서성이던 바람이
밋밋한 나의 안부를
수거收去해 간다

그 맑은 틈으로, 새들이
궤적을 겹치며 나누는
빠른 인사를 엿듣는다

그 맑고 좁은 틈으로, 강물이
마을을 휘돌며 부르는
굴곡진 노래도 엿듣는다

화해의 물결로 넘쳐나는
창문 너머의 들녘은 이미

누구의 것도 아니었지만,
숲을 떠나간 나무
허공으로 숨어든
나비의 이야기는
서둘러 전설이 되려 한다

숲을 떠나간 나무
허공으로 숨어든 나비
그들의 안부가 궁금하다

세상과의 불화不和로
가끔은
귀를 닫으려 하지만,
창문은 조금
열어 두는 게 좋겠다

# 삼월의 새벽

어머니의 옅은 잠이 더 가벼워졌다
거실 한 켠에선 겨우내
더부살이에 지친 데코라고무나무와 호접란이
심심한 베란다를 연신 훔쳐보고 있다
조간신문에 밀리던 아침우유가
엘리베이터 버튼 9를 선점했다는
낭보가 불쑥 날아들었다
아내가 아침잠마저 녹여 구워 내는
식빵의 노릇함도 예사롭지 않다
며칠째 8층에서 차오르는
냉잇국의 구수함만으로도
밥 한 공기는 거뜬할 것 같다
조율이 끝난 10층의 현악기가
리허설을 막 시작했다
층간소음을 층간화음이라 불러도 좋겠다
갓 깨어난 조간신문이 나를
꼼꼼히 읽어 내리는 시간,
어머니는 너그러운 해몽으로
각본 없는 삼월을 저울질하고 있다

# 반전反轉

고루한 더부살이 끝에
집 한 채 지었습니다
언 발을 녹여 터를 다지고
바래지 않은 흙을 그러모아
기울지 않을 벽을 세웠습니다
기웃거리는 바람을 한 폭 잘라 와
얼굴 크기로 몇 개의 창을 내고
때마침 비행을 멈춘
적운積雲을 본떠
뭉실하게 지붕도 얹었습니다
밤눈 어두운 사람이 서둘러
집 앞을 스쳐간 뒤 곁눈질로
아랫목 경계선마저 그은 해질 무렵,
소찬素饌으로 홀가분했습니다
뒤늦게 돌아오는 사람들을 위해
처마 끝에 인기척 하나 달아 두고
망설임 끝에 젖혀 둔 사립문,
작은 방 하나 더 그려
큰마음으로 비워 둡니다

# 서먹한 날

며칠째
서먹한 날들이 이어졌습니다
닫지 않아도
저물어 버리는 날이 있었습니다
선잠 깨어난 서랍 속에서
꾸다만 꿈이 걸어 나오고
어느 날은 찍다만 영화처럼
멈춰버린 오후도 있었습니다
비를 몰아낸 들뜬 바람이 서둘러
새들을 띄우고
드리운 그늘에서만
마음을 여는 나무도 있었습니다
밟히는 서먹함을
느슨한 비질로 쓸어 담는 저녁,
며칠째
서먹한 날들이 이어졌습니다

# 볕이 좋은 날

오늘은 볕이 좋아 창문을
하나 더 열어 두었습니다
어제보다 많은 바람이 다녀갔습니다
뜯지 않은 안부가 전해졌고
묻지 않아도, 날지 못하는 새들이
속내를 툭툭 털어 내는가 하면
강물이 가끔 멈추기도 한다는
뜬소문도 바람난 연기처럼
창문을 넘나들었습니다
가끔은
잊혀 가는 사람들이 두고 간 나침반으로
그들의 자취를 가늠하기도 하지만
답은 쉽게 적을 수 없었습니다
세상과의 불화로
모든 것이 궁금한,
볕이 좋은 날에는 그저
창문 하나쯤 더 열어둡니다

## 정오正午

줄어 든 그림자가
무게중심을 넌지시
놓아 버리는 시간

곁눈질에 지친 가로수가
무너지는 간격에
기우뚱거리는 시간

풋풋한 바람으로 부푼 새들이
궤적을 지우며
날아오르는 시간
곧,
설익은 시간에
목 축인 나무들이
빼근한 어깨를 겹치면
줄어 든 그림자는

구겨진 곳에서부터
부풀어 오를 것이다

귀 닫은 사랑과 말문을 튼
수화자手話者를 엿보다
멈춰 버린 시계와의
타협을 팽개친 수리공

정오,
이유 있는 물상物象들이
정돈을 허무는 시간이다

# 우리 모두는 길치였다

엇갈린 길을 기웃거리다 길치는
새로운 길에 눈을 뜬다
어둠을 몰래 앓고 난 새벽처럼
막다른 골목에서도
어두운 벽 너머로 이어지는
밝은 지름길을 기웃거리다
새로운 길에 눈을 뜬다

애초에 길은 없었다
누군가가 첫 발자국을 남기면
그 뒤를 누군가가 더듬거리며
운명처럼 답습했을 때
그것이 바로 길이 되었듯이
엇길에서도 서로 즐겁기만 했던
이제 막 새로운 길에 눈을 뜬,
미안하지만 낯 뜨거운
우리 모두는 길치였다

# 그림자

눈을 뜨면
세상은 온통
먹물이 그리운 화선지
붓을 들어
오늘의 나를 그린다
고뇌도 약점일까
자화상이 흐릿하다
나를 그리려 하였으나
나를 닮아 버린 그림,
부릅뜨지 못했던 눈이
서둘러 감긴다
아무렇지 않은 듯 살아도
세상은 온통
먹물이 그리운 화선지
흐릿한 수묵화 한 점
지웠다 그리며
늘 부끄럽게 산다

# 오늘 하루쯤은

오늘 하루쯤은
일상을 밀어낸 느슨한 생각과
헐렁한 옷차림이 지어 낸 표정으로
베란다 창을 다투어 뚫고 스며드는
햇살의 길이로만 시간을 가늠하며
느긋한 아침의 시작으로 어긋난
식탁의 무딘 질서가
하루 두 끼의 식사로도 너끈히
바로 설 수 있음을 기꺼이 인정하고
누군가로부터도 적당히 멀어져
그 사람의 버거운 기억을
한 꺼풀이나마 벗겨 주고
하루쯤은
빛바랜 문패가 떨어져 나가
그 누구도 나를 찾을 수 없게 되는
해묵은 주소록이 열리지 않아
내가 그 누구도 찾아 나설 수 없게 되는
바로 그런 날

허공처럼
말갛고 허허롭게 머물다
고요에 지쳐 쓰러질 바로 오늘
하루쯤은

# 마을버스를 기다리며

쉽게 다가올 수 있는 것과
다가올 수 없는 것은
그 기다림의 모습도 다르다

쉽게 다가올 수 있는 것은
이내 멀어질 수 있어 우리는,
기다렸다 말하지 않는다

다가올 수 없는 것은 그저
기다릴 수밖에 없어
그 기다림을 우리는,
그리움이라 한다

마을버스를 기다리며
기다림에 대해 생각했다

나를 기다리지 않은
세월을 생각했고,

그리움에 물든
나를 생각했다

# 환절기

꽃 지는 저녁
나무들이 환절의 무게를
나이테로 가늠하고 있다
늦가을의 그물이 출렁이자
땅거미가 한 뼘씩 줄어든다
철새들이 바람을 열고 사라진 허공,
눈시울이 붉어진다
철 지난 안부를 가로막던
당신의 뒷모습이 그립다
가을이 폐지되었다는 풍문,
귓속의 녹을 닦아내야겠다
마른 꽃들이 엇박자로 진다

# 종묘공원에서

한 수만 물리자는 애원도
판돈에 눌린 지 한참이다
뜨겁게 에워싼 훈수꾼들 사이로
곰삭은 막걸리 트림만 들락거린다
예리한 묘수들이
투명하게 번득인다

그 팽팽함을 비집고
오후 내내 공원을 어지럽히던
독립투사 후손의 말발굽 소리가
장기판을 휙 가로지른다

어디선가 뜬금없는
학도병가도 엇박자로 날아들고
뻴쭘한 조선춤에 올라탄 희망가,
지팡이 장단에 물러 터진 풍년가도
넌지시 버무려진다

널브러진 시간에 겨워
자유만 닮아 버린 사람들,

오늘 하루쯤은
버거운 나이도 적선하고 싶을 것이고
먼저 간 할멈의 황당했던 병치레도
비릿했던 욕지기도
하얗게 잊고 싶을 것이다

여물게 꿍쳐둔 용돈도 조금은 헐어
늙기를 거부하는 학도병들에게
음료수 작은 병이라도
으스대며 돌리고 싶을 것이고
곁을 주지 않았던 공원 비둘기들을
제법 낭랑한 목소리로 불러 모아
오늘 하루쯤은
봉지 팝콘도
통째로 던져주고 싶을 것이다

이곳에선 매일,
뜨거운 기립 박수 속에
핏대를 세운 단골 연사가
부침浮沈을 거듭한다

나라사랑은
끝장토론에 시달린 지 오래다
맹호부대 용사가 무용담을 뻥튀기하고
백마부대 용사는 고지 탈환만 한다
공수부대 용사도 말간 공원 하늘 가득
화려한 낙하산꽃을 수없이 피워 낸다

태극기만 바라보아도
눈자위가 붉어지는 세대,
입버릇처럼 되뇌는
우리가 어떻게 지켜온 나란데

묻지 않아도 답을 말하는,
또는 가는귀먹은 척
답을 물음으로 되돌려 주는,
서로 염치없음에
은근히 겸연쩍어도 하는,
종로구 훈정동 90번지,
한 끼를 걸러도
정의正義로 버틸 수 있는 곳

다시,
독립투사 후손의 말발굽 소리가
장기판을 휙 가로질러 간다

# 때늦은 깨달음

게으름을 인정한 뒤
하루가 그리
길지 않음을 알았다

망설인 다음에야
좋은 사람이 이미
떠나 있었음을 알았다

하늘을 잇따라 올려다본 뒤
나의 자리가 가장
낮은 곳임을 알았다

침묵의 시간을 늘리고 나서야
변명에 짙게
물들어 있었음을 알았다

막다른 골목에서 무너진 뒤
그 길이 곧
엇길이었음을 알았다

# 안부

아무도 나의 이름을
불러 주지 않는 날이 있다

아무도 나의 창을
스치지 않는 날이 있다

세상은
바쁜 척 돌아갔지만
진실에 기댔던 입소문은
비릿한 뜬소문으로 펄럭이고

나는 잊혀진 섬처럼
희미하게 웅크린 채
그래도 나를 끌고
나의 안으로 녹아들어 준
마지막 인기척에
한 뼘씩 무너지고 있다

산다는 것은,
안부를 묻는 것이다

# 아침

아침이면
밤새 달려온 풋풋한 바람과
외로움을 감추며 피는 들꽃과
생명이 녹아 숨쉬는 거룩한 흙내음

아침이면
세상과 화해한 용서의 숲과
침묵을 깨고 흐르는 시퍼런 강물과
서둘러 길 떠나는 자의 분주한 뒷모습

밝음은 밝음대로
맑음은 맑음대로
서로 앞서려 하지 않음에
아침은
늘 그렇게
적당히 빛날 수 있으리니

아침이면
나는 들을 수 있었네
꿈을 이루려는 자의 두근거림과

절망을 삼킨 자의 포효咆哮와
어둠을 몰아 낸 자의 거친 숨결을

# 창동역 1번 출구

포장마차 무안집,
뚝배기 어묵탕에 막걸리 서너 병
정원 초과된 나무의자,
딱딱한 어깨를 겹치고
안면도 없는 사람들끼리
인원파악을 한다

서로 피해 가고만 싶은
처절한 삶의 취조,
답하기는 싫어도 묻고 싶은
아픈 삶의 편린들,
저마다 터득한
싸구려 관습에 빌붙어
담합을 이식 받았노라 떠벌리고
공생의 거룩한 의미는 밀어 둔 채
편리공생과 상리공생을 주절댄다

불투명한 답을 투명하게 외쳐도
어느새 답이 물음이 된 채
술이 사람으로 진화하는
계단 없는 천국

땅거미 짙은 창동역 1번 출구
뚝배기 어묵탕에 막걸리 서너 병
안면도 없는 사람들끼리
밤새워 인원파악을 한다

# 침묵

꽃은
개화開花의 비결을
남발하지 않는다

나비는
묻지 않는다

숲은
고요의 아픔을
들추지 않는다

바람은
무심하다

꽃과 나비, 그리고
숲과 바람

말없음표로
자위自慰한다

# 살아가는 동안

살아가는 동안
잊을 수 없는 사람이 있다
살아가는 동안
만나고 싶은 사람이 있다

예고된 만남이 아니어도 좋다
화려한 만남이 아니어도 좋다

그저 무심한 바람처럼
가볍게 스쳐만 가도
그 닿음에 전율하리
그 흔적에 입맞추리

살아가는 동안
지울 수 없는 사람이 있다
살아가는 동안
버릴 수 없는 사람이 있다

# 이별의 방식

눈물로 지는 꽃
가슴에 묻는다

애증에 지친 나무
홀로 서게 한다

사랑의 깊이 보다
더 아파한 것은
사랑을 미처
엿듣지 못한 때문

필연으로 보듬은 새
우연으로 날린다

외로운 그림자
바람으로 지운다

# 4부

# 망각의 강

어머니 제가
당신의 넉넉한 품속에서
고독의 숲으로 가려진
철부지 왕자처럼
비스듬히 누워
당신의 꿈을 함께 꾸고
당신의 희망을 함께 노래하고

한때는 어머니 제가
당신의 맑은 그늘 아래에서
행복의 화신처럼 뒹굴며
아름다운 당신의 미소에
짙게 물들고
가슴 벅찬 당신의 사랑을
가눌 길 없었으나

이제는 어머니 제가
보이지 않는 곳에서
들리지 않는 곳에서
당신이 끝내 가르쳐 주지 않은

혹독한 이별의 모순을,
당신이 생명처럼 가꾸어 뿌려 준
꿈과 희망으로 해석해 가며
하루하루
이별의 방식에 눈떠 갑니다

어머니 제가
감당할 수 없는 인연으로
이 세상의 부름을 받아
당신의 분신으로 자리매김하며
한때는 외로움의 그늘을 벗고 살았으나
이제 당신은
매몰찬 세월의 마지막 무게를
가까스로 떠받치며
망각의 강을 홀로 건너려 합니다

보이지 않는 곳에서
들리지 않는 곳에서

# 기다림에 관하여

이 세상, 그 어느 생명 하나
기다림 없이 생겨난 것이
어디 있으랴

이 세상, 그 어느 생명 하나
기다림 없이 살아온 것이
어디 있으랴

어머니의 뜨거운
그 기다림 끝에
내가 있었듯이

끝 모를 기다림 끝에
비로소 작은 이름 하나 얻은
들꽃이 그러했고

끝 모를 기다림 끝에
비로소 빗장을 푼
화해의 숲이 그러했다

이 세상, 그 어느 한 곳
기다림으로 얼룩지지 않은 곳이
어디 있으랴

이 세상, 그 어느 한 곳
기다림으로 지치지 않은 곳이
어디 있으랴

# 기일忌日

퇴근길,
엘리베이터 거울 속에서
오십대 중반의 아버지를 만났다
아버지가
서먹한 미소로 나에게 물었다
살아보니 어떠했느냐고
나는 답을 망설였다
아버지가 다시 물었다
무엇이 힘들었었느냐고
이내 답할 수 있었으나 나는
답을 삼키고 말았다
눈자위가 붉어진 아버지는
더 이상 묻지 않았다
그날은
아버지의 기일이었다

# 침묵의 다른 말

물음에 답하지 않던 내가
묻지 않아도 답하는 것은
어느 한 번도 세상이
답하지 않았기 때문이다

세상이 늘 궁금하여
아껴둔 물음을 던지고 때로는
물음의 물음까지 던졌으나 세상은
답 한 번 주지 않았다

세상이 늘 궁금하여 가끔은
곁눈질도 하였으나 그것은
언제나 닫힌 뒷모습이었다

세상은,
침묵의 다른 말이었다

# 정육면체의 비밀

정육면체는 여섯 개의 면이 모두
정사각형으로 이루어진 정다면체를 이른다

주사위는,
여덟 개의 꼭짓점들이 서로 타협,
넘치지 않는 힘으로
열두 개의 현絃들을 조이고 있다
직육면체와 다른 점은 힘의 균형이다

서로 이웃을 맺고 있거나 혹은 나란한,
열두 개의 현들을 슬쩍 건드려 본다
끊어질 듯 팽팽함,
옹골찬 꼭짓점들과의 신경전이 날카롭다

균형의 비밀이 짜맞추어진
흑점들의 암호를 해독이라도 하듯
밀폐된 주사위 하나를
툭 굴려 본다
끊임없는 엇박자로 구르고 굴러
서로 만날 수 없는 여덟 개의 모서리에

물러 터진 균형의 대가代價가 뚜렷하다

정육면체는 여섯 개의 면이 모두
정사각형으로 이루어진 정다면체를 이른다

균형을 위해 앓고 있을 속사정이
자못 궁금하다

# 오래된 구두

너는 너무 오래
나를 떠나지 못하는
애꿎은 맨발로 살고 있다

삐걱거리는 내가 덤으로
자잘하게 쌓여 가는
삶의 무게에 무너질 듯
언 땅을 아프게 딛고 설 때
너는 이미
차갑게 부르튼 맨발이었다

세상에 지지 않으려는 내가
아득한 줄서기의 끄트머리에서
좀처럼 메워지지 않는 틈새에 한껏
달아오를 때도 너는
더 잃을 것 없는 맨발이었다

어느 날은 내가 더 가벼워지려
서둘러 불을 끈 채
염치없는 잠을 즐길 때도 너는
뜬눈으로,

내가 멈추지 않았던 길과
내가 되돌아 나오지 않았던
막다른 길에서 묻어 온 회한에
대신 물들고 있었다

그러다 날이 밝으면 너는
내가 가지 않은 길 쪽으로
몰래 놓이겠지만
이미 나는 굽어 버린
그 길만 기억할 뿐

너는 너무 오래
나를 떠나지 못하는
애꿎은 맨발로만 살고 있다

# 위로慰勞

이제,
찬바람을 덮고 자던
강 건너 마을의 빈집은 잊어라

하나의 입만으로는 차마 호소할 수 없었던
숱한 억울함도 잊어라

멍든 새끼발가락 하나 건사하지 못하던
낡은 구두의 행방도
더 이상은 수소문하지 마라

끄트머리에서만 서성이던 너를 생각하면,
얼굴에서 솟아난 눈물이
왜 얼굴보다 뜨거워야 하는지,
이제 그런 막연한 이유에 갇혀
뿌려대던 눈물이 고인 접시는
잘게 부수어도 좋다

이미 아프게 강을 건넜으니,
찬바람을 덮고 자던
강 건너 마을의 빈집은 그만 잊어라

너와 함께 침묵하던 나무들도 서둘러
너의 여림을 눈감아 줄 것이다

네가 그토록 아껴 쪼이던 햇볕에게는 그저
가벼운 인사만 하고 떠나라

더는 미안해하지 마라

## 초대

아름다운 것은
너그러운 부름, 그 뒤에서 온다

저마다의 삶은 때때로
염치없음에 등 돌린 채
홀로서기로 기울곤 하지만
어느 목숨 하나 생겨날 때
너그러운 부름에
귀 막으며 온 것은 없었다

서둘러 피지 않는 꽃들이 그러했고
높게만 날지 않는 새들이 그러했다

아름다운 것은
너그러운 부름, 그 뒤에서 오곤 했다

# 유리벽

당신이 버거움으로 다가오던 날
빗금 하나
몰래 그었습니다

그 빗금 위로
야무진 벽도 쌓았습니다

그러나 그 투명함에 부딪혀
멍들 것만 같은 당신

부끄러운 벽돌 하나씩
내려놓습니다

비겁한 마음도
내려놓습니다

# 어떤 담합

고즈넉이 머물다 때로는
말없이 떠나가는 사람이 있다
그 침묵의 깊이도 묻기 전에
그렇게 말없이 사라지는 사람이 있다
그것은 나에게
숨죽인 말없음표의 반항으로 기억된다

아프게 머물다 때로는
눈물 없이 떠나가는 사람이 있다
그 아픔의 깊이도 묻기 전에
그렇게 눈물 없이 사라지는 사람이 있다
그것은 나에게
참아낸 눈물의 반란으로 기억된다

반항과 반란은 다르다
그러나 그것들은 나에게
어떤 담합의 기억으로 남는다

# 바람과 눈물

날 수 없는 나에게
바람 없이는 날 수 없다고
나의 안에서
나를 읽지 못한 그가 말했다

울 수 없는 나에게
눈물 없이는 울 수 없다고
나의 안에서
나를 앓지 않은 그가 말했다

그러나,
날지 않는 것과 날 수 없는 것이 다르듯
울지 않는 것과 울 수 없는 것은 다르다

나는,
바람이 넘쳐 날 수 없었다
눈물이 넘쳐 울 수 없었다

## 벚꽃 그늘 아래

꽃비 흩날리는 오후
벚꽃 그늘 아래,
떨어진 꽃잎 주위로 새들이
하나 둘 모여들었다

눈부신 꽃잎의 축제,
그 아름다움에 안기며
새들이 나에게
낮게 말했다

너도 꽃잎처럼
아름답게 살아 보라고

향기로운 꽃잎의 축제,
그 자유로움에 물들며
새들이 나에게
낮게 말했다

너도 꽃잎처럼
자유롭게 살아 보라고

부르지 않아도
흙으로 내려앉아
그래서 깃털처럼 가벼워진,
그런 꽃잎을 헤아리며
새들이 나에게
낮게 말했다

너도 이제 꽃잎처럼
가볍게 살아 보라고

# 순수에 관하여

표준국어사전에서는
순수純粹를
전혀 다른 것의 섞임이 없음으로,
순수한 사람을
사사로운 욕심이나
못된 생각이 없는 이로 풀어내고 있다

가끔,
순수하다는 문예지에서
원고 청탁서가 날아든다

그때마다 나는 한 편,
또는 몇 편의 시로
뜨거운 낯을 가린 채
아득한 순수를 꿈꾸곤 했다

임마누엘 칸트 선생의
순수이성비판을 다시 읽는다

최초 번역자의 순수가
더욱 그립다

# 이순耳順

아내의,
해묵은 목소리가
가끔은,
일렁이는 갈댓잎의 속삭임으로
들려오는 나이

굽은 세상 저편에
핏발 선 눈으로 남겨진 그 친구를
이제는 든든한 나의 길잡이로
맞이해야 할 나이

거듭된 세상과의 불화를 하나씩 접고
너그러운 화해의 창문 쪽으로 천천히
다가서야 할 나이

이순耳順,
그러한
꿈의 나이

# 때늦은 고백

지름길을 엿보다
쉼표를 잊었다

서둘러 답한 뒤
변명에 머물렀다

소란騷亂에 물든 날
엇박자로 기울었다

자성自省에 눈감은 날
하루를 잃었다

# 수상작 모음

# 어머니의 뒷모습

어머니의 뒷모습을 나는
본 적이 없다
어머니의 뒷모습은
치열한 삶 속에
은닉되어 있었기 때문이다

어머니의 뒷모습을 나는
보려 한 적이 없다
어머니 뒷모습은
고단한 삶의
일기장이었기 때문이다

치열했던 삶도
고단했던 삶도
두터운 위장막이 걷히고
어머니는 숨죽이며
줄어든 뒷모습을 준비하고 있다

어머니의 뒷모습을 나는
인정할 수 없다

억울한 뒷모습은
빛바랜 세월의 몫이기 때문이다

# My Mother's Track in Life

My mother's paths of life,
hidden in her bitter life,
wouldn't be seen to me.

My mother's paths of life,
a diary of her tough life,
wouldn't be touched by me.

My mother's bitter life,
my mother's tough life,
as being disclosed,
she prepares for a decreased
time in her life, holding her breath.

My mother's chagrined life,
a consequence of her accumulated experience,
wouldn't be accepted by me.

*** The Baekgyo Literature Award(2012)**

# 어머니의 가방

그날,
낡은 무릎을 달래 가며 어머니가
노인정을 다녀오셨다
연한 갈색 지팡이와 이웃한
작은 꽃무늬 가방 속에
고단한 생각들을 잘게 접어 넣은 채
가벼운 얼굴로 다녀오셨다

자잘한 삶의 숙제를 꼼꼼히 풀어 가듯
읽고 또 읽어
마침내 신문지가 된 신문과
날마다 어머니가 편들어 우쭐해진
아들의 시집 몇 권,
그리고 이제는
날짜마저 희미해진 일기장,
그 인연들과의
버릴 수 없는 무게가
그날도 가방 속에서 연신
어머니를 담금질하고 있었다

그러나 무거운 얼굴의 나는
어머니의 그 가방에 낯뜨거울 만큼
너무 오래
텅 빈 가방으로만 떠돌고 있어

그날,
어머니가
가벼운 얼굴로 다녀오시던 그날,
무거운 얼굴을 버리지 못한 나는
그 가방 앞에서 서둘러
종아리를 걷어야만 했다

# 종묘공원에서

한 수만 물리자는 애원도
판돈에 눌린 지 한참이다
뜨겁게 에워싼 훈수꾼들 사이로
곰삭은 막걸리 트림만 들락거린다
예리한 묘수들이
투명하게 번득인다
그 팽팽함을 비집고
오후 내내 공원을 어지럽히던
독립투사 후손의 말발굽 소리가
장기판을 휙 가로지른다
어디선가 뜬금없는
학도병가도 엇박자로 날아들고
뻴쭘한 조선춤에 올라탄 희망가,
지팡이 장단에 물러 터진 풍년가도
넌지시 버무려진다

널브러진 시간에 겨워
자유만 닳아 버린 사람들,
오늘 하루쯤은
버거운 나이도 적선하고 싶을 것이고

먼저 간 할멈의 황당했던 병치레도
비릿했던 욕지기도
하얗게 잊고 싶을 것이다
여물게 꿍쳐둔 용돈도 조금은 헐어
늙기를 거부하는 학도병들에게
음료수 작은 병이라도
으스대며 돌리고 싶을 것이고
곁을 주지 않았던 공원 비둘기들을
제법 낭랑한 목소리로 불러 모아
오늘 하루쯤은
봉지 팝콘도
통째로 던져주고 싶을 것이다

이곳에선 매일,
뜨거운 기립 박수 속에
핏대를 세운 단골 연사가
부침浮沈을 거듭한다
나라사랑은
끝장토론에 시달린 지 오래다
맹호부대 용사가 무용담을 뻥튀기하고

백마부대 용사는 고지 탈환만 한다
공수부대 용사도 말간 공원 하늘 가득
화려한 낙하산꽃을 수없이 피워 낸다

태극기만 바라보아도
눈자위가 붉어지는 세대,
입버릇처럼 되뇌는
우리가 어떻게 지켜온 나란데

묻지 않아도 답을 말하는,
또는 가는귀먹은 척
답을 물음으로 되돌려 주는,
서로 염치없음에
은근히 겸연쩍어도 하는,

종로구 훈정동 90번지,
한 끼를 걸러도
정의正義로 버틸 수 있는 곳

다시,
독립투사 후손의 말발굽 소리가
장기판을 휙 가로질러 간다